AF199318

Heinrich Oppermann

Der Frühling kehrt wieder

Gedichte

und
andere gereimte Ungereimtheiten

Umschlagsbild:
Frühling im Garten, von Lotti Büttner, Bremen (1925-2003)

Dank:
Meiner Tochter, Heike Oettel, und meinem Enkel, Hagen Oettel,
danke ich für ihre einfühlsame Hilfe bei der Gestaltung des
Bändchens

Impressum
Der Frühling kehrt wieder, Gedichte
© 2018 Heinrich Oppermann
Herstellung und Verlag:
BoD - Books on Demand, Norderstedt
ISBN 978-3-7481-7571-1

*Meinen Kindern, Kindeskindern
und Freunden*

Der Frühling kehrt wieder

Der Frühling kehrt wieder...
Noch blüht nicht der Flieder.
Es taut von den Dächern
und aus den Gemächern
blickt Sehnsucht hinaus.

Der Frühling kehrt wieder,
ein Föhn fällt hernieder.
Es schabt vor den Toren
mit hoffenden Poren
rundum jedes Haus.

Der Frühling kehrt wieder.
Noch blüht nicht der Flieder.
In Hainen und Hecken
sich Schauer verstecken.
Im Garten liegt Eis.

Der Frühling kehrt wieder,
ein Föhn fällt hernieder,
als wollte er sagen:
„Herr Wolf wäscht den Wagen,
das ist der Beweis".

05.03.1978

An mein Töchterchen
(frei nach S. Petöfi)

Es ist ein innig Vergnügen, dich zu schaun,
mein Töchterchen.
Du kleine Knosspe an der Jugend Rosenbaum!
Ich schaute deine Lippen, deine Augen ohne Rast,
deine Lippen sind Herz, in den Augen du Seele hast.

Dein Herz, deine Seele, sehe ich ohne Rest,
mein Töchterchen.
Ruhig noch alles, wie das winterliche Vogelnest!
Doch warte nur, bald kommt der Ausbruch mit Lust,
mit welch lautem Völkchen sich füllt deine Brust!

Und es ist unseres Lebens schönste Zeit,
mein Töchterchen.
Wenn das Herz erstmals sich bevölkert, und breit
sich entfaltet, wie ungebetene Diebe,
sein großer Beherrscher und König, die Liebe.

Freud, Leid, Tränen und Lächeln sind ihre Begleiter,
mein Töchterchen.
Zweifel und Hoffnung und, wer weiß noch, wie weiter?
So viele Gäste in deinem kleinen Herzen,
bedrängen, sprengen es fast, bereiten Schmerzen!

Und dieses Volk wogt ruhelos, auf und nieder,
mein Töchterchen.
Drängt, bohrt und hämmert tags, kehrt nachts wieder.
Es tut dieser Lärm uns, der niemals ruht,
so weh - so weh, und doch auch wieder so gut.

Dein Auge strahlt, dein Mund lächelt, leicht verschmitzt,
mein Töchterchen.
Als ob du schon wüsstest , wessen ich hier mich erhitzt?
Nein, nein. Ganz sicher, hier täusche ich mich.
Und wenn doch? Umso höher schätze ich dich.

17.08.1977

Sommernacht

Wenn die Sommer sternenklar
und du liegst mir vis-a- vis,
ist der Urlaub wunderbar,
bin ich voller Poesie.

Schwingt warme Stille überm Zelt,
fühle ich dann deinen Mund
und versinkt die ganze Welt,
ist der Mond und Abend rund.

Eh' die Nacht dann völlig reif,
vom Morgen die Nacht gepflückt,
steig ich mit des Mondes Strahlen
in den Tag, um dich zu malen.

18.01.1978

Es sitzt ein Po

Es sitzt ein Po,
am Kornfeld wo,
ganz frei und froh.
Im Sattel,
oh,
vom Czorne-
und dem Bieleboh.

27.07.1977

Heike

He, kleine Heike,
darfst nicht traurig sein,
fällt auf die Deiche
auch kein Sonnenschein.

Denn selbst im Regen,
an trüben Tagen,
kann man sich regen
und manches wagen.

Kannst du vergnügt sein,
so fröhlich singen,
fängst du den Regen ein
mit Herzenschwingen.

Serrahn, 26.07.1977

Petras Hosen

Kommt Petra kläglich angeheult,
das Rad hat ihr die Hos' zerbeult,
rechts lauter kleine Fransen:
"Und ich wollt heut zum Tanzen".

Spricht Trost die Mutter, als sie sagt?:
„War'n vorn und hinten abgeschabt,
mit Flicken und mit Resten,
kauf neue dir am besten".

Schwesterchen Heike: "Es mir deucht,
als hätte dich ein Hund gescheucht,
nimm meine blauen - interims".
"Nein" - heult sie - "es war'n echte Jeans" !

Serrahn, 26.07.1977

Petra

Es regnet ohne Unterlass,
drei Wochen schon, das Zelt ist nass.
Doch das ist zu verschmerzen,
weit mehr liegt mir am Herzen:
Kein Mann wird. mehr auf Petra schaun,
wo sie sonst überall schön braun,
zeigt sie jetzt lauter Blässe.
"Zum heulen", weint die Kesse.

Serrahn, 25.07.1977

Seerose

Wenn ich am weißen Steg,
mir eine Rose such,
wink Mädchen nur am Weg,
mit einem bunten Tuch.

Führ dann das lieblich Kind,
in Club zum Diskotee,
ist, wirbelnd wie der Wind,
an ihr alles o. k.,

ich dann die Liebe find.,
bei einer schwebend Fee.
Der Seerose im Wind,
und Windrose am See.

Serrahn, 23.07.1977

Stimmungsumschwung

Die Anker loot,
hart steuerbord
mit Ruderboot,
Schlag im Akkord.

Der Insel zu,
die Bucht hinein,
leicht bräunest du,
im Sonnenschein.

Der Ruder Schlag,
im Wellenspiel,
ein frischer Tag,
wir sind am Ziel.

Wir liegen lang
Auf frischem Heu.
Vogelgesang,
der stimmt uns neu.

Grollt fern ein Blitz
von der Heide,
jagt uns vom Sitz
der Insel Weide.

Die Haare weh'n
der Sennerin,
beim ängstlich Späh'n
zum Ufer hin.

Ohn' Angst Luise,
dich Seglerin,
trägt von der Wiese
mein Regenschirm!

Serrahn, 24.07.1977

Zwiegespräch einer werdenden Mutter

Dein Klopfen ist ein früher Gruß
und fragt ob alles schon bereit,
zur Talfahrt auf dem schnellen Fluss,
in deine, unsre schöne Zeit.

Ein Gruß aus des Herzens Garten,
ins grüne Tal der bunten Welt,
wo Spielgefährten warten.
Bin sicher, dass es dir gefällt.

Mit braven Sonnenblumen
und wildem Rot vom herben Mohn.
Farbenmeere überfluten
dein Aug am ersten Tage schon.

Der Frühling moosgrün dich empfängt,
des Winters Schneeflockengeflitz
mit warmen Farben er vermengt,
zu sommer- herbstlichem Besitz.

Mit samtig kuscheligen Birnen,
nebst Trauben unterm welken Laub,
wie das Blau hinter Gestirnen,
die Sonne stellt sich blind und taub,

als wollt hören nicht sie und sehen,
vom bewegten Treiben überall,
im weiten Rund und auf den Höhen.
Sie, die heut und allemal

mit sinnenfroher Zauberkraft
und der Akazien Blütenweiß,
den nektarsüßen Zauber schafft,
belohnt der Menschenbienen Fleiß.

28.10.1977

Betrachtung aus der Ferne

Man wähnt dich in den besten Jahren
und du buhlst noch um so manches Kind.
Doch kommt ein junger Hirsch gefahren,
sie schlagen sehr bald dich in den Wind.
Liebe ist auch ein Spiel mit den Haaren.

Geh' mit der Axt und nur Deinesgleichen
in den so nahe gelegenen Wald,
fühlst du dich stark zum Bäume ausreißen,
im fernen ist es für dich schon zu kalt.
Zarte Liebe kann auch kratzen, beißen.

Noch darfst es spüren, ein brennend Verlangen
und Sehnen nach einem liebenden Herzen.
Wenn auch die Jahre manch Liebe verdrangen,
kannst heiß du noch lieben, flirten und scherzen.
Liebe kommt stürmisch, ist leis oft gegangen.

Bald sitzt du da, ganz grau in grau,
warst jung, bist alt und erfahren,
sind deine Hos' und Hemden grau,
abgestimmt zu deinen Haaren.
Bist für Liebe auch innen grau.

Novosibirsk, 21.09.1976

Die Kür

In K-Stadt, Schweden, im Kaninchenkreis,
kürt die Jury, umjubelt von Menge,
empfängt den Lorbeer, den ersten Preis,
ein "Bock" ganz besonderer Länge.

Als Gold vergeben, empfangen der Preis
und die Kaninchenhymne verklungen,
bedankt das Tier sich auf seine Weis,
wirft am Siegerpodest sechs Jungen.

25.12.1975

Kinderreim

Artiges Kind,
hört Oma blind.
Nase, klitsch-patsch,
Bluse, ritsch-ratsch!
Klatsch.

Schlafe schön ein,
Schäfelein mein,
in deiner Wieg,
Feder steig, flieg!
Klatsch.

Mache fein Prost,
mein kleiner Trost.
Trink nicht so schnell,
(Ta)Pete war hell!
Klatsch.

Kindlein wird groß,
in Mutters Schoß.
Einziger Erb,
Vasen zu Scherb!
Klatsch.

Mami ist lieb,
Papi ist lieb,
Decke vom Tisch,
schnell Mami, wisch!
Klatsch.

Mache fein a,
tu's für Papa.
Artig mein Glück,
breit ist die Drück!
Klatsch.

20.10.1975

Schnüffelei

Ob	Oder	Ob
Affen	Schellen	Löffel
paffen	schwellen	löffeln
und	und	und
Laffen	Pellen	Schöffel
gaffen,	prellen,	schöffeln,
wenn	wenn	wenn
Eulen	Katzen	Büffel
heulen	kratzen	büffeln
und	und	und
Keulen	Spatzen	Schnüffel
beulen?	schwatzen?	schnüffeln?

21.10.1975

Rangen

Drei Rangen stürmen in den 0-Bus rein,
der Hagen, der Holger und der lange Hein [1],
so tollpatschig und fröhlich um die Wett,
dazu gesellt sich klein Sandra so nett.

Sie lärmen nach vorn hinter's Fahrerhaus,
die Augen funkeln in die Welt hinaus.
Vornan das Mädchen, die Nas platt gedrückt,
dahinter die Jungen streiten entzückt:

"Ist ja viel stärker und macht mehr Sachen,
mein Bruder weiß es, du brauchst nicht lachen."
"Habt ihr da eben die Schwalbe geseh'n?,
die lässt sogar unsern 0-Bus noch steh'n".

"Wenn ich groß bin", verspricht Sandra der Hein,
"nehm ich dich immer mit." "Oh das wird fein.
Wohin?", fragt sie, ihre Augen strahlen.
"In Kindergarten", hört ihn man prahlen.

Sie turnen durch Reihen, vornweg der Hein,
und piepsen und springen zum Tor hinein.
Zwitschernd und tönend in allen Arten,
ziehen die Kinder in ihren Garten.

1)   *Hein - Hendrik*

21.11.1975

Verzerrtes Bild

Meine Umwelt schwirrt
um mich, gleich Bienen im Bienenhof.
Sie kann mich nicht verstehn.
Und sieht die Welt nur durch Adlershof.

Hält alle für verwirrt,
in Fabriken und am Bauernhof,
die nicht hin- und sie gar anders sehn,
milde verschoben, oder gar doof.

17.11.1979

Jeanette

Läuft eine Schnecke
um die Ecke,
um die Wette
mit der Klette.

Auf einer Decke
um die Ecke
liegt Jeanette,
statt im Bette.

Stolpert die Schnecke
um die Ecke,
läuft um die Wette,
um Jeanette.

Erschrickt Jeanette,
um die Ecke
mit der Decke
flieht ins Bette.

In das Haus!
Rums – und aus.

18.06.1979

Ein Hund

Ein Hund steigt mir seit Tagen nach,
ein räudig schmutziges Tier.
Gesträubtes Fell, die Ohren flach,
Nasenwarzen als Visier.

Umschleicht mein Haus und bellt mich wach,
die Hundeaugen blinken mir.
Und jagt die Katzen auf das Dach,
dass Ruhe herrscht vor meiner Tür.

Komm ich aus einem Nebenhaus
nach vielen Hundestunden,
ihm geht am Weg die Luft nicht aus,
dreht fächelnd seine Runden.

Geh ich am Abend nochmals aus,
ein Blick genügt dem Hunde.
Und schleicht dann in ein Hundehaus
zu einer Kätzchenstunde.

05.08.1979

Im Dünengras

Der Wind raschelt im Dünengras,
kaum hörbar niest ein Hase.
Am Strand zum Meer, in Strandkorb drei,
küsst Vetter seine Base.

Der Wind raschelt im Dünengras,
weit draußen kreischt die Möwe.
Die Nixe unterm Neptun stöhnt,
Kleinlieschen ruft: „Ein Löwe!"

21.08.1979

Erntedank

Gehen wir gemeinsam aus,
pflück in ihm dir einen Strauß,
Blüten aller Arten
stehn in meinem Garten.

Petersilie, Kopfsalat,
habe ich in ihm parat,
lade ich zur Feier,
meine Freunde Meier.

Auch wird in Himmel sprießen,
falls, wenn wir dürfen, gießen,
ein Spross vom, heut noch Traum,
Eitomatenappelbaum.

Eulenadler, Starspatz, Funk
und vom Teich 'ne kleine Unk,
Vögel aller Arten
nisten hier im Garten.

Meiner Kinder Wochenglück,
sei, ohn' Datsch auf Waldgrundstück,
denen die geraten, zum Gemüsegarten:
"Erntedank".

30.07.1974

Motivsuche

Ich wandle durch Straßen und suche ein Wort,
wie andere fürs Objektiv ein Motiv
einfangen und heimlich begutachten
zum Biegen und Formen, damit es nicht schief.
Die Schönheit beschreiben,
muß verweilen ich und betrachten.
Die Kamera klickt nur und eilt auch schon fort.

Wenn zwei auf Straßen ihr Bild umflanieren,
wie ein Hund den Herrn umkreist voller Wonne,
und ganz abgewiesen von ihm, ohne Lieb,
Schatten sucht einer, der andere Sonne.
Die Schönheit einfangen,
muß schlürfen, schleichen ich wie ein Dieb.
Mit "Klick" im Kasten kann er konservieren.

Wir durchstreifen Gefilde, wie reitende Hunnen,
das Wort ist gefunden, es stöhnt meine Brust,
beneidet von dem Objektivhaltenden,
ihre Gunst zu erjagen, mit großer Lust.
Die Schönheit zu zeigen
dem fröhlich, frei sich entfaltenden,
sprühenden, hüpfenden Jungfrauenbrunnen.

15.09.1975

Alle Jahre wieder

Jedes Jahr in letzter Stund,
lauf ich mir die Fersen wund,
jag in die Stadt und erwische
die letzten Hasen und Fische.
Dann zieh ich nach 'ner Hose,
unten mit roter Rose.
Es gibt jedoch nur blaue,
solche breite, schaue.
Dann renn ich nach zwei Vasen,
die Schuhe reiben Blasen,
will die mit Zwiebelmuster,
ist ja zappenduster.
Erwisch ich dabei Tassen,
das ist ja nicht zu fassen,
und eine Meissner Bowle,
hab ich ein Glück und johle.
Jetzt lauf ich und erhasche
im Centrum noch 'ne Tasche,
ein Album, eine Lampe,
da schließt das Haus die Schranke.
Das ist der Schluss, ich weiß.
Vom Körper rinnt der Schweiß,
und frag die krummen Rücken,
die sich nach Waren bücken,

ob für meine Frau, die hehre,
nicht noch eine Bück-Ware wäre.
Und seh' in die stolzen Gesichter,
die strahlen, wie Weihnachtslichter
und flüstern von Mund zu Munde:
"Unser jährlich letzter Kunde!"
Sie breiten mir Ihr Letztes aus,
begleiten mich zum Tor hinaus.
So kehre ich voll beladen,
heim mit reichen Gaben.

Hier streicht im Keller Opa Skier
und trinkt schon heimlich Extrabier.
Oma häkelt eine Weste,
sie bereichern so `s Weihnachtsfeste.
Aus der Küche, wie im Knusperhaus,
schaut's Töchterchen bemehlt heraus.
Frauchen sieht uns, ruft jubelnd dann:
"Oh du lieber Weihnachtsmann".

25.12.1975

Einsatz

Mitten im Schlaf, dem schönsten Traum,
„Alarm", schrille Stimmen, "Appell"
Der Sani- und der Rettungszug,
in zwei Stunden müssen zur Stell.

Köppel, IFW, kommt fahrend an,
meldet sich, noch träumend, kein Hehl.
"Horst Scholz, N6, Langgasse sechs!",
empfängt er den ersten Befehl.

Murmelnd bewegt er sich vom Hof
und denkt: „So ein Stab hat es gut,
sitzen schön warm im Institut,
bei der Kälte, ich habe Wut".

Er fährt von Süd hinauf nach Nord,
kein Mensch. auf der Strasse, zu Scholz.
Sieht auf: "Langgasse, wie?, ach 6".
Hält an und klingelt bei Schulz.

Ruft dem Mann ins Licht: "Scholz, Alarm!",
der gähnend brummt: "Gebe Bescheid".
Dann eine Frau: "Was ist?", "Alarm.",
"Momentchen, ich bin gleich soweit".

K, döst im Wagen vor sich hin,
die Tür geht auf und dabei:
„Fertig", sagt sie. Er: Gas und los.
Die Uhr auf dem Turme schlägt drei.

Nach geraumer Zeit, halb erbost:
"Wo bringen sie mich hin?" fragt sie.
Sie Fahren nach Süd, nicht nach Ost,
Medizinisch Akademie !"

K. merkt auf: „Das ist ja nicht Scholz,
wo kommt die Dame denn her?"
Am Abend bringen Blumen der Fee,
nebst Mann, der Kommandeur und er.

29.05.1975
(Horst Scholz, N6, Langgasse 2)

Dresdner Hauptbahnhof

Am Schalter Gedränge, Züge fahr'n stündlich,
kommst du 'mal später, dann fuhr deiner pünktlich.
Auf Gleis siebzehn kommen die Südlinder rein
und atmen auf der Treppe Kloakenluft ein.
Räte fahr'n Wolga, sonst wüssten sie ooch
vom Gestank am Dresdener Hauptbahnhof.

Will einer schnell eine Zeitschrift erheuern,
um, sich unterwegs mit Bardot zu erfeuern,
der Stand ist geschlossen, sein Zug fährt von hinnen,
er wird sich noch lange des Bahnhofs besinnen.
Es beruhigt ihn der Landesbischof
mit Nonne am Dresdener Hauptbahnhof.

Im Automat gibt's Real, bei Risse F6,
gibt': nebenan noch Bockwurst, bist du perplex.
Kein Bier mehr in Flaschen, nur Rotwein und Sekt,
weil das unser'n jungen Soldaten so schmeckt.
Sie heben beim Abschied ein Pullchen hoch,
zum Wohle dem Dresdener Hauptbahnhof.

MaAn geht nicht auf'n Strich, man geht hier auf Kippen,
und kann sie wie Schnee aus den Vorhallen schippen.
Siehst doch du täglich 'paar Mädchen hier sächseln,
sie wollen nur Geld für F6 erwechseln.
Und auf Bahnsteig sechs zithert Jutta Zoph
die Strophen vom Dresdener Hauptbahnhof.

Die Stadt wird schöner, am Hauptportal - nein,
könnte vieles dufter, niveauvoller sein.
Nach Dresden kommen viele, oder steigen um
und tragen draußen diesen Eindruck herum.
Doch käm' mit dem Zug einmal Willi Stoph,
wäre großer Dresdener Hauptbahnhof.

16.09.1975

Schwere Zeit

Sitzt die Familie unterm Tannenbaum
mit Nadeln und Kerzen aus der Retort,
da gibt es zu staunen, ist viel zu schaun,
untermalt mit Stereo - Typ Rekord,

Petras fünf Blusen, Jeans, gelb, grün, rot,
Uwes Fahrrad, Skier, Mops und Kater,
neben Heikes und Bodos Fische im Boot,
selig, geduldig armer Vater.

Ein Krampf im Magen, Krampf in der Wade,
von Apfelsinen, groß wie ein Ball,
und Buttermandelnussschokolade,
die machen Verstopfung und klaren Fall.

Derweil alles sitzt an Schweinebraten,
schielen sie, dass noch übrigbleiben,
Thüringer Klöße und Gänsebraten,
um sich den Bauch ganz aufzutreiben.

Verdünnt wird mit Wodka, Korn, Kognak, Sekt,
die fette Gänsehaut aus Polen,
und ein gutes Mahl erst dann richtig schmeckt,
geht man Goldkappenbiere holen.

Als Nachtisch Bananen, in Wein flambiert
und Striezel mit Marzi, nicht zu hohl,
dazu einen Dupla, der läuft wie geschmiert,
dann geht es dem Magen mollig wohl.

Ist der Magen so völlig beladen,
das Herz wie'n Amboss am Tische bebt,
wird noch alles in Stierblut gebaden
und breit aufs Bett und Sofa gelegt.

Wenn dich dann längere Krämpfe plagen,
die Schmerzen kannst nicht mehr ertragen,
folgt Franzbranntwein und Neopillen, Klagen
und Rufen nach dem Krankenwagen!

24.12.1974

Einem jungen Titan

Einem Jungtitan, Geschlecht Wissenschaft,
der spätabends nicht schläft ein.
Er möchte, im Übermut seiner Kraft,
auch gern noch ein Paris sein.

In Filmen sahst du schon Helden, vereint
mit dreien in einer Nacht,
(bei) Aphroditen, die vor Sehnsucht geweint
und Liebe fast umgebracht.

Du siehst Männer, Bio und Chimica
in besten Jahren lieben,
zwei schöne Töchter der Athenia,
die eng beinander liegen.

Frau Hera verträgt keine Buhlerschaft,
liegt meist im Bette allein,
und du brauchst Weisheit mehr als rohe Kraft,
um Mann über ihr zu sein.

Drum: In deinem Haus drei Betten stehen,
ein jedes in seinem Raum,
dass nicht alle nur zu einer gehen,
gebietet der Lebensbaum.

Dein Sohn mit Aphroditen verkehre,
mit der göttlichen Hera du,
der Raum und auch das Bette Athenens
steht mehr deinem Vater zu.

24.12.1974

Alle Jahre wieder II

Alle Jahre wieder
schreib ich ein Gedicht
und besing den Flieder
im Jahresendbericht.

Alle Jahre wieder
dichtet Groß und Klein
und schreibt alles nieder,
was hätt' sollen sein.

Alle Jahre wieder
hat den größten Lohn,
wer im Auf und Nieder
reden kann, mein Sohn!

Alle Jahre wieder
nehme ich mir vor,
dass es platzt das Mieder,
schrei, beim Fußball, Toor !

20.12.1974

Duell am Balaton

Urlaub am sonnigen Strand,
wo Zelt an Zeltwand stand.
Dazwischen passen der Wind
und die Blicke unsres Nachbarn Kind.

Hans, den Tag in der Sonne,
um zu Hause in Wonne
mit Bräune zu prahlen,
empfänglich für Maruschkas Strahlen.

Abend ist windstill ums Haus.
Hans führt Maruschka aus.
Blusen safari gefärbt,
Blaujeans verwaschen, hautnah gestärkt.

Sie tanzen auf vollem Kahn.
Brechen sich leise die Bahn.
Sehen hinauf auf die Sterne.
Den Beatdampfer hört man von Ferne.

Ein Pfiff ertönt kurz und grell,
die Nachbarin ist zur Stell.
Sieht János vor dem Fenster,
aus Budapest, oder Gespenster?

Listig und schelmisch darauf,
gewitzt Jani hält auf.
Marusch, deine Verlobte,
mit Freunden, dass Jani nicht tobte.

Als Hans und Marusch zurück,
tändelnd und strahlend vor Glück,
zähmt die Nachbarin im Plausch
ihren Jani im seligsten Rausch.

Tags darauf tobt János wild,
zerreist, schmäht Maruschkas Bild.
Sie zieht mit gesenktem Blick
in das innere Zelt sich zurück.

Man hört, sich wer duelliert!
Der Zeltwart sekundiert,
hat die Pistolen geladen.
Für Geld ist hier alles zu haben!

Am Morgen man beide traf,
abseits in tiefem Schlaf.
Väter und Mütter gekränkt—
ihre Brust war stark Rotwein getränkt!

20.09.1978

Nestwärme bei Bodenfrost

Wenn der erste Bodenfrost
unsern Kohl im Garten beißt
und den wärmenden Kompost
ebenso infam umkreist,
schläft Familie Krause tief.

Unterdessen schleichend hüpft
durch den Garten Nachbars Franz.
Bienchen ihm das Fenster lüpft,
öffnet ihm ihr Herze ganz.
Franz nicht 's erste mal so schlief.

18.12.1974

Reizenstein

Wenn du geboren in der Sächsischen Schweiz,
wo das Leben einen besonderen Reiz,
wirst du geizen und dich spreizen,
einen Wolf unter Wölfen zu reizen.
Wenn selbst bei funkelnd feurigem Wein,
Wolfgang nur Mut hat mit Reizenstein.

25.11.1974

Eine schöne Bescherung

Im siebenten Stock zur Stillennacht,
ergab sich just ganz ohne Willen,
zwischen der Striezelstraße neun und acht,
ein Ereignis, ein Wunsch, im Stillen.

Der Heinz prustet in der Wanne um zehn
und in duftigem Schaum träumt er laut,
zu allen Geschenken, die er hat stehn,
gehörte noch eine zarte Braut.

Ziegelbreit, hinter der Wand, nebenan
badet Siglinde und schäumt und. lacht,
bei allem was sie vernaschen kann,
fehlt eines nur ihr in dieser Nacht.

Als plötzlich nach dumpfem, kräftigem Knall
und klirrenden Trümmergetösen,
aus Nebel und Plätschern wie'n Wasserfall,
ersehnte Umrisse sich lösen.

Der letzte Stein um die Ohren ihm saust,
hebt er sie schon durch's Loch in der Wand,
den Staub und den Schreck vom Leib ihr gebraust,
und führt sie vom Fleck zum Standesamt.

Ganz ohne Kutsche und ohne Schimmel
wurden sie getraut, herbeigebracht;
sie leben froh im siebenten Himmel
und das nicht nur zur Weihennacht.

Ein Ergebnis dieser Geschichte ist,
sie lieben sich ganz in Verzehrung.
Zeugen: Die Feuerwehr, ein Polizist,
die als erste sah'n die Bescherung.

Das Loch in der Wand ein Spiegel verdeckt,
wo - will sie ihn necken, erfreuen -
dahinter sie sich zum Baden versteckt,
und ihr Spiel beginnt dann von neuem.

14.10.1974

Zwischenspiel

Zwischen Eisbein, Bier und Sauna
winkt ein schlankes Frauenbein.
Regen stärkt und strafft die Fauna,
Tropfen trommeln den Refrain.

Wacht vorm Tor der Obermarschall,
grüßt ergebenst an der Pforte.
Und in Tracht ein Zwillingskristall,
der entwachsen der Retorte,

Auf der Treppe, in den Gängen,
Jugend stürmt in Übereifer,
halten dich in ihren Fängen,
dass Produkt und Frucht wird reifer.

Grün oder an braunen Tischen
Köpfe ruhen im Genick,
die in gilben Blättern fischen,
jagen der Mannschaften Geschick.

Treue Knechte, fromme Mägde,
Früchte, des Bauern Element,
trugen auf dem Kopf zu Märkte,
aber selten impotent.

10.10.1981

Nach Goethe verdünnter Schillerwein

Was Faust dem einen, der Egmont von Flandern,
ist Luise Miller, Don Carlos dem andern.
Wenn er für Goethe, ist sie mehr für Schiller,
der Streit unsrer Jugend, er woget für immer.
Und sie zu bewegen für beide zu sein,
ist nach Goethe verdünnter Schillerwein.

03.12.1975

Märchen

Schneeglöckchen
Loch in Erde
Blume rin
Frühlingsglöckchen
Bim bim bim

Bremer Stadtmusikanten
Gammler flitzen
I – a - i
Bellen Mauzen
Kikriki

Rapunzel
Weib im Turme
Nischt wie hin
Strick herunter
Klimm klimm klimm

Prinzessin auf der Erbse
Dicke Betten
Jägers Sohn
Keiner merkt was
Lady schon

Schneewittchen
Traum von Mädchen
Küsse dich
Heckenrose
Stich stich stich

Rotkäppchen
Omas Liebling
Kappe rot
Jäger Meister
Wolf in Not

Frau Holle
Weiberzanken
Liederlich
Betten schütteln
Winterlich

Schneeweißchen & Rosenrot
Eine weiß und
Andre rot
Giftger Appel
Beide tot

Aschenputtel
Kind im Turme
Taube pick
Schuh verloren
Schick schick schick

Wolf & die 7 Geißlein
Rauhe Kehle
Kreidestück
Eins im Kasten
Tick tick tick

Hans im Glück
Geld für Esel
Stück für Stück
Und verschenkt es
Glück glück glück

Hänsel und Gretel
Ofen knistert
Hexe rin
Zu die Klappe
Nischt wie him

Hase und Igel
Arroganter
Wettenlauf
Stacheltierchen
Schnauf schnauf schnauf

Max und Moritz
Witwe Bolte
Meister Böck
Üble Scherze
Meck meck meck

Rumpelstilzchen
Auf 'ner Wurzel
Prahle nicht
Weil dort leicht
der Hafer sticht

Schneewittchen & 7 Zwerge
Sieben sind's
Ich wette
Sie sieht nur sechs
Vorm Bette

21.03.2006

Wenn der Wind

Wenn der Wind den Wipfel der Bäume greift,
der Vögel Gefieder in Not durchstreift,
schwebt angstvoll Gedröhn
aus großen Höh'n.
Ein Teufelsgestöhn!

Wenn ächzend Gehölze und Stämme erzittern,
die Rehe verharren, Gefahren sie wittern,
zum Sprung sich bereiten
nach allen Seiten,
sind Hundstagezeiten!

Wenn stöhnend sich zerren in wirbelndem Sturm,
Wurzeln im Erdbau, dass Fuchs und der Wurm
siechen und beben,
in sich verweben,
folgt Mistgabelregen!

15.01.1988

Tier-Reime

Wie spät mag's sein?,
grunzt früh ein Schwein.
Ein Viertel vor sieben,
meckern die Ziegen.
Mitten im Schlafe,
blöken die Schafe.
Was, schon so spät?,
wiehert ein Pferd.
Wir wollen noch tanzen,
pieksen die Wanzen.
Tanzen, ach so?,
hoch springt der Floh.
Vom Leibchen der Mamsell,
zur Feder der Amsel.
Und über den Tisch,
flosselt ein Fisch.
Das ist nicht nobel,
zwitschert ein Vogel.
Ach gebt doch Ruh`,
muht da die Kuh!

Doch merket auf hier,
eins war kein Tier!

2007

Nanoröhrenspiele

Wenn kommunizierende Nanoröhren röhrten,
Nanowahrheiten aus dem Buschfunk hörten
und sie in ihren Röhren weiter trögen,
oder gar in Krügen trügen
und gedruckte Lügen lögen,
gefoltert, fraktioniert, flottiert, extrahiert, sensibilisiert
und destilliert aus Trögen flögen,
durststillend aus Tränken tränken,
in Gärten Nanoröhrenspiele spielten,
wie Trauben an Hängen hingen
und metastabile Sprünge sprängen,
erhitzt aus kalten Stuben stüben,
die Wahrheiten in tropfenden Schüben schüben,
entspannt übervolle Läden entlüden,
in Spannungsreihen Spannung brächten,
statt unter Nanohimmelszelten in lauen Nanonächten
zu nächten,
nicht nachts wie reife Kälber kälbten
und aufgeblasene Leiber wölbten,
druckgeplatzte Nanonähte nähten,
ihre steifen Nanoröhren bögen,
die verspannte Nanomägde mögen,
sich in müder Mühe mühten,
die leergeblasenen Röhren glühten,
noch heiß in Nanostufen stuften,
dabei wie Nanoberserker fluchten,

mit nanoamorphen Sägen sägten,
nanochemisch zu transportieren sie erwägten
und ihre Nanokinder einlullten,
die nachts in Nanoquarzampullen pullten,
sie mit Rüffel und Griffel in Nanohärte rüffelten,
weil sie vor Nanoröhren hockten,
über Nanowellen rockten
und nicht ihre Nanoweisheiten büffelten,
statt dessen sich in Nanoprogramme loggten,
durch Nanowiesen joggten,
ein Nanosensenmann sie nieder mähte,
kein Dreiwegehahn nach ihnen krähte.

zum Rosenmontag 2007

Ahnenreigen

Deutsche
Unterdeutsche
Hessendeutsche
Heimatkarge
Heimatdrüssige
Heimatlasser
Heimatlose
Heimatsucher
Heimatfremde
Heimerbauende
Heimischwerdende
Heimatschaffende
Heimischfühlende
Heimatliebende
Heimatverteidigende
Heimatvertriebene
Heimatlose
Heimkehrende
Ungarndeutsche
Deutsche

April 2016

Tenge

Ich sai kaa Dichter, kaa Schenie,
Gedange stehle mer mai Ruu.
Un wann ich mool was tenge tu,
to schreiwe ichs halt hie.
Dass aa te Lies un aa de Franz
lese kenne, was ich tenge.
Un wanns ne grood mal schee un ganz,
sich hinnern Spiegel henge.

April 2012

Maalbeerbaam

Schee is, wann ich met annen Leit
mai Mundart rede kann.
Not fühl ich mich a wie dahaam
aanst unnem Maalbeerbaam.
Un s klingt mer aa so wohlig warm,
so klanglich raach, a wenn mer arm.
Wann m'r im Schatte newe de Rewe
waan ganz veschmeert, hot Motter glacht,
mit ehrem Tuch uns s Gsicht gemacht
un uns uffs Maal a Schmätzche kewe.

April 2012

Hudwaad

In de Hudwaad sai mr focisni[*] kange,
hun parwes am Akazibaam khange,
s Tauwenest, was kanz waat oowe,
hun rapkholt mit de Nochberpuwe,
im Dinyefeld, fum Pfefferschrot
net abgschreckt, ne Melone, rot,
fum Maul hinapp ufs Hemd gekleckert,
am Kanal de Brick hinuffgeklettert,
in Kanal aa fum Uwer ksprunge,
Lieder Teitsch un Ungrisch ksunge,
mit Schiewertawel, Schwamm un Griffeln
tes Schreiwe, Lese musste biffeln
un aa noch truff tes Amolaans!
Wannst haint tai Engelje nooch fraast,
tes waas toch kaans,
tie wisse alles im Kompjuder
un rede tun tie, wie de Luder.

Un unseraam is tes so waat...,
de Hudwaad war de scheenste Zaat.

April 2012

*) *Fussballspielen*

Zigeunerweiber

Die Männer am Dorfesrand,
auf Niemandsland im Moose lagern,
rauchend dösen, debattieren, palavern.
Zwei Weiber streifen über des Dorfes Promenaden,
kehren bei einigen Höfen ein
und betteln um verwertbare Gaben.
Schlendern zu Scheune, Stallung und Küche hin,
und schauen hinein.
Erspähen den Rauch durch den Rauchfang ziehn,
darinnen die geräucherte Ware.
Laut rufend nach Bauer oder Bäuerin,
sie dann gemächlich weiter ziehn
über grabenbegrenzte Trottoire.
Dann lautes Gekreisch von ganz hinten:
„Diebe, Diebe!"
Gendarmen mit Flinten,
Männer mit Stöcken:
„Die Weiber tragen alles unter den langen Röcken!
Hiebe, Hiebe!"
Gendarmen dämpfen: „Halt ihr Stöcke,
ihr dürft diesen Weibern nicht unter die Röcke!"
Und führen sie ab in die Gendarmerie,
zur Gendarmenamtsmännin Visiterie

23.01.2011

Fußballadé

Grün ist der Rasen,
bunter ist der Schuh,
kannst schimpfen und rasen,
siehst du da mal zu.

Löw e ist König,
Bauer der Kaiser,
Millionäre auf Wiesen,
vielfach gepriesen.

Kurvenrandale,
dumpfe Feuerspeier,
am Schirm wir, banale,
dummpe Sesselschreier.

Ein Reus e, ein Preuß a,
ein Bayer, ein Hoeneß.
Millionen schau'n zu
und, finden gar schön es.

Sie demoralisieren,
die Massen verführen!
Medien nicht verspotten,
und allzeit verhöh'n es!

Januar 2015

Dynamo

Schwarzgelb ist's Fanal,
schwarzgelb warmer Schal,
oh'n Randal, Skandal,
das ist Dynamo.

Jedes Spiel 'ne Bank,
dem Wettergott sei Dank,
gehen Rank und Schlank
heut zu Dynamo.

Wenn du ein Blümelein siehst,
dich sonnengelb elbnah umschließt,
weißt du auch wie es heißt,
Dynamo.

Spiel um Spiel vergeht,
keiner abseits steht,
nur das eine zählt,
Dynamo.

04.05.2016

Weiden

Von Mitweiden
und Ostweiden
nach Westweiden
weiden Weiden
Weiden um Weiden,
auch weiten Weiden,
um Korbweiden,
Zeckerweiden,
gelb, grün, weiß, rote Weiden,
doch blau-weiße Weiden
die Trauerweiden meiden.

09.05.2015

Herbstbilder II

Der Herbst ist da, im vollen Eifer
sammeln wir in Wald und Flur
letzte Früchte, die schon reifer.
Allein die Pilze nur
sich ducken unters Blatt.
Die Eichhörnchen, halbwegs satt,
wuseln voller Drang,
verstecken die Hasel weiter
unters Blattwerk nah der Pilze am Hang.
Frau Elster und Herr Rabe lauschen,
auf seine Nüsse versessen,
schnell alle mit Schalen vertauschen.
Die Herbstzeitlosen lächeln sich zu,
auch die Hagebutten kitzeln sich heiter.
Das Hörnchen huscht zum Baum, und im Nu
hat es seine Hasel im Verstecke vergessen.

Januar 2016

Weiße Nächte 1

Von Weißer Nächte Licht getragen,
liegend im Fond vom Großen Wagen,
so schwebten wir durch enge Gassen,
Boulevards, Stege, breite Strassen.

Wie ein Zauber, die reichen Schätze,
Lustgewimmel, die weiten Plätze,
Brücken, Kanäle, und Promenaden,
im Nachtlicht leere Seelenakkus laden.

Über den Wolken der Ubahnschächte
in Zwiesprache mit dem fahlen Licht,
Schwebten wir durch schlaflose Nächte,

und unserer Zukunft zwielichtiger Sicht.
Scherzend, mal flüsternd, und Tausend Fragen,
vom hellen Licht - in uns selbst - getragen.

09.08.2016

Weiße Nächte 2

Aus den nachtweiß grellen Strömen,
die nur ihren Lüsten frönen,
brachen wir respektlos aus.
Bedrückend ein so enges Haus.

Frei, belebte breite Gassen,
weite Plätze, Promenaden,
helle Augen aller Rassen,
Bleichgesichter und Nomaden.

Flüsse, Kanäle überbrücken
schmale Stege, weite Brücken.
Vor Palästen, Kathedralen,

Staffeleien stafflig malen,
stillose Bauten neuerer Zeit.
Ich sah nur Dich, im schönsten Kleid!

10.07.2016

Einer Liebsten
(Mutter)

Ein Königreich für einen Käsestrudel,
zu Bohnensupp' mit Broodwarscht drin.
Und deinen kosend warmen Blick.

Fliegend, schwebend eilte ich hin,
und wär' die Luft auch noch so dick,
kehrt meiner Jugend Traum zurück.

Durch Wirrnis dieses Lebens Trubel
voraus mir jauchzt, frohlockt mein Jubel,
voll Sehnsucht deiner Augen strahlend Glück.

Die lieblich tragend mich bringen zurück,
und leuchtend mich durchs Dunkel leiten,
so meiner Augen Durchblick weiten.

Auch Weltenunbill nicht verwischt.
Und lebenslänglich nicht erlischt.

06.07.2016

Freunde

Wassja, mein kleiner Freund,
an Jahren ein Zehntel des Großen Oktobers,
fragt mich mit seinen runden Augen,
warum so spät, an seinem Ehrentage,
ich zu ihm komme.

Wir, zwei Freunde, so ungleich es scheint?
Freunde nicht immer nur Gleiches vereint.
Die Harmonie im Geben und Nehmen,
ungewichtet ausgewogen,
wo Wünsche gleichen Befehlen,
hat Freundschaft stets erzogen.

Wo die Freundschaft zwischen uns wiegt?
Sein Sinn, der kindlich, ungetrübt,
seismographisch unterm Helm,
Gut und Böse scharf empfindet -
und gewitzt der kleine Schelm-
sich damit dann mir verbündet.

Für ihn bin ich der Kamerad,
der unerschöpflich viel parat
an Wissen und an andrem Reichtum.
Der mit ihm das Spiel empfindet,
Regenbogen überwindet,
Streitend über Heldentum.

Reich mir, Wassja, deine kleine Hand.
Glückwunsch Dir, dem Unterpfand
der Zukunft. In deren Tagen
unser Bund wird weiter tragen.

Novosibirsk, 1976

Die Aschkowa

Am Webstuhl, Spinnrad, Hanf und Werg
inmitten all der Trachten,
den Teppichen, getürmt zum Berg,
zwei Augen strahlten, lachten.

Erklärt sie wissend Stück für Stück,
an Wolle, Holz und Scherben.
Mich fesselt, leitet, bannt ihr Blick,
geformt hier vor den Bergen.

Aus einem Zwölfgeschwisterhaus,
nebst sieben Nachbarjungen,
deren Eltern trug der Tod hinaus,
als jüngste sie entsprungen.

Und schon seit früher Kindeszeit
hat sie des Volkes Lied gesungen,
sammelte erlebte Vergangenheit,
was schön und ungeübt gelungen.

Aus Freude und innerem Triebe,
vertrauend dem Auge, ihrer eigenen Hand,
wuchs so in vielen Jahren –
oft geschmäht und stark verkannt,
selbst öffentliches Gebaren –

was ziert im Haus fast jede Wand,
in Ecken sich drängt,
in Truhen sich hat angehäuft,
ein Haus fast sprengt
und überläuft.

Ein Volk ihr dankt in Liebe.

In Gowedarzi,
am Fuße des Rilagebirges 1981

An Hommel
(zum Geburtstag)

Es ist hier kalt
im Birkenwald
und 's Bier hat keine Grad hier halt.
Drum drück den Leib
von (D)einem Weib -
im kalten Bett ist eh kein Bleib.

Von Wodka schweig ich Dir
jedenfalls,
er steht, wie der
Schnee hier mir
–schwapp –
bis zum Hals.

Gestern war es hier
trocken und kälter.
Mein lieber Alter,
wir werden halt älter.
Lass dennoch Dich nicht aus der Ferne verdrießen,
wir werden dann alles
- schwapp -
gemeinsam begießen.

Novosibirsk, 20.11.1976

Boykott

Wasser fehlt einem ganzen Kontinent,
wo das Vieh am lebendigen Leibe verbrennt,
im Vorjahr achttausend Kinder starben
und an die Millionen „hunger!" schrein,
Väter sich plagen und Mütter darben,
aus dem Dschungel sich die Stämme befrein,
um Kerker Hyänen wittern den Tod
und schwarze Brüder stehn am Schafott!
Ertönte aus ‚ihren' Kehlen: „Boykott"?
Weil Kuba den Kubanern verloren?
Kambodscha den Kambodschanern geboren?
Die Perser das persische Gold gewogen
und fanden, dass nicht alles Öl ausgesogen,
machen ‚SIE' die B-52 flott?
Die gleichen, die über Viet - Cong geflogen,
erpressen die Welt mit Olympiaboykott?
Als Begins Truppen in Ägypten gestanden,
die Maos wollten Vietnam befrein
und Nerudas Brüder in Ghettos verschwanden,
griffen da die ‚gleichen' Herren ein?
Jetzt, wo die rote Fahne loht,
ist die Macht der Mächte' in Afghanistan bedroht?
Es dröhnt als Antwort diesem Bankrott,
der Menschheit Gelächter und zischender Spott.
Und der Welt Jugend macht Politik mit Sport!

20.01.1980

Elisa

Vorgestern Elisa ihr Sträußchen zu Oma trug
und hernach Großmütterchen frug,
oder vielleicht morgen früge,
wenn Fritze seine Blumen trüge?:
Warum denn Omi keinen Kuchen buk,
oder hat sie doch gebacken?
Sie äße doch so gerne Kuchen.
Nun säße sie da und Pustekuchen.
Ob sie es mal versuchen solle,
fragte sich die kleine Golle.
Doch Fritze fand das gar nicht dolle
und raufte sich des Schopfes Wolle.
Er meinte, die vernaschte Göre
kröche viel zu tief zur Röhre.
Wenn er an ihrer Stelle säße,
nur Telespargelfilmkohl äße,
lachten, wie sie, jene Hennen,
die gar keine Eier kennen,
ihr Leben lang nur schliefen, pennten,
hernach über jene flennten,
die im Stalle scharrend krähten,
für ihre Eier Säckchen nähten
und dann diese einzeln trügen,
hin zu Trögen und noch lögen,
dass sie künftig auch noch flögen
über Wiesen, launig äs(t)en,

schwarzrotgoldne Gräser fräßen
und dann graue Gänse rügten,
dass sie ihre Eier fügten,
hin zu Osternestern reihten
und draus gelbe Dotter seihten.
Gerne über Hügel hüschten, haschten,
eigelbgelben Mamaliga naschten,
ihn zerschlössen und zersägten,
seinen Nährgehalt erwägten,
doch in Käse Löcher nägten,
oder bohrten, oder sägten,
kindisch wie die Schafe blökten,
hernach ihre Hände wäschen oder wüschen,
trockneten an weichen Plüschen
und drauf ihre Nase rümpften,
drüber ihre Unschuld stülpten.
Bis Stefan käme und sie stöße,
Resel schelte, Christel fröre, Abbas lauthals sie verlachte,
Hannes früge oder fröge, an ihren Nerven söge, gerne
säg(t)e,
dass sie aus den Träumen fiele,
geschüttelt vor Vergangenheit, längst vergang'ner
Konjunktive.

24.01.2007

Ernst Busch

Sangst den Armen und Proleten,
Freiheit und Fanfarenstoß.
Von den Bühnen, wie Trompeten,
in der Revolutionen Schoß.
Und im Chor der Tausendfachen
   in dein Lied mit eingestimmt,
   die gewiss, dein Lied wird wachen,
   bis ein neuer Tag beginnt.

Sangst den Linken ihre Rechte,
als die Kraft von ihnen schied.
Wecktest aus dem Schlaf die Knechte,
Mut und Hoffnung durch dein Lied.
   Und im Chor der Tausendfachen
   in dein Lied mit eingestimmt,
   die gewiss, dein Lied wird wachen,
   bis ein neuer Tag beginnt.

Und du sangst mit fester Stimme,
die ans andre Ufer dringt.
Und in Hass und Herzensgrimme,
Eis im Flusse niederringt.
   Und im Chor der Tausendfachen
   in dein Lied mit eingestimmt,
   die gewiss, dein Lied wird wachen,
   bis ein neuer Tag beginnt.

Lied der Armen, Arm der Lieder,
lachtest du dem Feinde Hohn.
Und es beugt ihr Joch nicht nieder,
Sänger, Künder, Bastion.
    Und im Chor der Tausendfachen
    in dein Lied mit eingestimmt,
    die gewiss, dein Lied wird wachen,
    bis ein neuer Tag beginnt.

24.01.1980

Jovial

Wenn einst Herr Jovial
bei uns würd' Prinzipal,
das wär nicht trivial.
Ja, völlig liberal.
Wenn schon nur halb formal
und etwas abnormal,
so schien es kollegial,
auch öffentlich legal.
Und manchem ganz egal.
Vielleicht nicht radikal,
mehr zynisch statt brutal.
In einem nur lokal,
und weitaus dezentral,
nicht bi-, trilateral,
gar international,
terrestrisch – kosmosal,
in SECAM oder PAL.
Nein, oral und rektal
wär's mir total fatal.

24.08.1979

Deutsches Sockensilvester

Trinken die schwarzen Socken wohl
biede(n)rköpfig Blümchenkohl,
sieht man Theo Hofbräu schwingen,
zwei Glöckchen ihm am Beutel klingen?

Im roten Rathaus rote Socken,
Rotkäppchen naschen, Süßmuth trocken,
Bisky-tieren rot die Ähren
und vergraulen Gysi-bären?

Den gelben Socken einerlei
des Großherzogtums Silvesterschrei,
schlürfen nur das Gelbe vom Ei
Untern Linden, hin zur Staatskanzlei?

Und was lallen braune Socken,
die vor Braunschen Röhren hocken?
Im Geböller siegestrunken,
nach einer braunen Flasche unken?

Engholm brät im Pfeifenstau
sich rosarote Tauben blau,
Scharping, Schröder, rosé grau,
Lafontänen eisern Rau?

Im Silvestersockentaumeln,
Socken an den Zäunen baumeln!
Fluchend ihre Socken suchen,
Friede, Freude, Eierkuchen ?   *31.12.95*

Auch du Genosse Minister

Als du deine Zahlen heut früh gelesen,
die nackten, kalten,
dem Auditorium im großen Saal,
hatten alle die Wahl,
zu kommen oder zu halten.
Und es kamen die weißen Schläfen und die Alten,
um der herben Zukunft ins Auge zu sehn.
Einige mussten stehn.

Sie, die so oft verstanden,
wenn der Himmel nicht blau,
und immer eine Lösung fanden,
nicht gleich nach ein par Meilen.
Werden sie wieder den Knoten lösen, teilen,
die in deinen Augen suchen, lesen,
und zwischen den Zeilen...?

Auch du Genosse Minister wirst grau.

25.06.80

Gerda

Du glaubst Gerda,
zwischen uns sei alles harmonisch.
Und die vielen Jahre
liebte ich dich nur platonisch?

Und schiltst, Gerda,
mein Streicheln gelte, mein Jammern,
nur deinen Fingern,
deiner zarten Tasten Hammern!

Ich schwör's Gerda,
auch wenn es dir nicht so schiene,
ich liebe dich ganz,
mit Haar, samt deiner Maschine.

Du stöhnst, Gerda:
‚Ach, das eine weiß ich,
das wär ein Lieben,
wären wir noch einmal dreißig'!

Glaub mir, Gerda,
das macht nur deine Haltung.
Liebe währt immer,
und wir beide bleiben alt jung.

05.07.1980

Menschenzüge

Immer sind die Vogelzüge [1]
Das Signal für Änderungen!...
Südwärts, südwärts, fliehn nur fliehn!
Im Lenz sie wieder nordwärts ziehn!
Menschenströme ziehen nordwärts,
In ihren Hütten wird's zu heiß,
Die da lodern, fackeln, brennen.
Rauchvergiftet fliehen, rennen,
Ruh'los, rastlos, kopflos, bloß.
Betend, angstvoll himmelwärts schauen,
Fluchend Männer, weinend Frauen,
Kinder, nur mit wenig Lenzen,
Andre noch in Mutters Schoss,
Stampfen, walzen, westwärts, vorwärts,
Über Stein und über Grenzen,
Wasser, Burgen, Stacheldraht.
Auf die Gefahr, dass Tod dort naht!
Eilen hin nach menschlich' Wärme,
Die sie suchen in der Ferne,
Menschlichkeit und nicht das Eis.
Kehrt dort einst dann Frühling nieder,
Zieht ein Teil gen Süden wieder?!
Ein Naturgesetz der Vögel Züge,
Jahr für Jahr, durch Tag und Nacht.
Ist das der großen Menschenströme
Von hohen Warten menschgemacht?!

Immer sind die Menschenzüge
Ein Signal für Änderungen!

02.2016

Hühnerpaprikasch

Ein junger Hahn, schrill, kräht und röhrt,
den Frieden auf dem Hofe stört.
Er jagt gespreizt und übt Gewalt,
der Bäuerin zu arg wird's bald.

Misstrauisch.
Sie lockt mit Korn,
zweifelt,
doch er kommt nach vorn.

Gepackt, gedreht, gerupft der Kopf,
schon bröseln Düfte aus dem Topf,
Fettaugen, rote, kleine obenauf,
und helle, große schauen drauf.

Platz sie nehmen heute rasch,
platziert?, verführt vom Hühnerpaprikasch!

15.05.2015

Taubengurren

Im Akazienbaumgeäste
sitzt die Taube auf dem Neste.
Gurrend der Täuber im Gezweige
hält den Grauspecht ihr vom Leibe.
Auch in Eichhorns Koben oben
die Hörnchen heute gar nicht toben,
lassen aus ihr müpfig Hüpfen,
hören wie die Täubchen schlüpfen.
Ihr leises Klopfen an die Schale,
das eine übers andre Male,
kündet deren Lebenswille.
Selbst die Elster hält da stille.
Auch ihre große Schwester, Krähe,
nestelt nicht in Nestwerks Nähe.

Kurzzeitstille im Akaziendickicht,
dringt ein Wesen ans Lebenslicht.

24.08.2017

Wenn du vom Schmerz erdrückt

Wenn Sonnen Schleier verhangen,
Sterne dem Auge entrückt,
muß Leben, Leben verlangen,
wenn du vom Schmerz erdrückt.

Wenn aus weit entrückter Ferne,
dein Auge so schreiend blickt,
denk an die leuchtenden Sterne,
wenn du vom Schmerz erdrückt.

Denk an sein Leben voll Sorgen,
wie er vom Leben entzückt,
dacht an dein Leben und Morgen,
wenn du vom Schmerz erdrückt.

Er lebte ein großes Leben,
das nur für uns geschickt.
Gib Friede nun und Segen,
wenn du vom Schmerz erdrückt.

Wenn Sonnen Schleier verhangen,
Sterne dem Auge entrückt,
muß Leben, Leben verlangen,
wenn du auch vom Schmerz erdrückt.

13.03.1980

Wenn Dein Herz nicht mehr will

Wenn Dein Herz nicht mehr will,
schweigen Blumen und Saaten.
Am Amboss und Spaten
ruh'n die Trosse der Heere
und die wogenden Meere.
Alle Äther sind still,
wenn Dein Herz nicht mehr will.

Wenn Dein Herz nicht mehr will,
voller Angst um das Leben,
muss es Vielfaches geben,
um im Rückblick der Zeiten
vergeben dem Streiten,
pulsierend und schrill,
wenn Dein Herz nicht mehr will.

Wenn Dein Herz nicht mehr will,
weil dort draußen das Treiben
eilt ohne zu bleiben
und du glaubst, dass du störst,
du gar niemand gehörst,
naht das Unheil, die Bill,
wenn Dein Herz nicht mehr will.

Wenn Dein Herz nicht mehr will,
alle Sorgen verblassen,
stirbt das Lieben und Hassen,
schwinden Träume und Wahn,
trägt ein einsamer Kahn
aus dem täglichen Drill,
wenn Dein Herz nicht mehr will.

Wenn Dein Herz nicht mehr will,
wird uns allen so bang,
weil Dein Leben nicht lang,
das voll Leid, Arbeit, Pein
um das irdene Sein,
wird's um uns her so still,
wenn Dein Herz nicht mehr will.

13.03.1980

In Stimmung in Leningrad

Aus Mitten der Wärme, denn draußen war kalt,
wollte keiner als erster aufstehen.
Klein Shenja sagte 'Poka' auf bald,
die Mutter ihm flüstert 'auf Wiedersehen'.
Er hat uns noch schnell ein Konfetti gebracht
und wir haben zum abschied so herzlich gelacht.

Der Schnee wollte im Mondschein uns zwingen
auf minus achtundzwanzig Grad
mit eisigen Zangen uns hindern zu singen,
wir waren im Bus erst wieder in Fahrt.
Wo der Fahrerin wir ein Ständchen gebracht
und wir haben zum Abschied so herzlich gelacht.

17.12.1972

Regen, Regen, Regen...

(nach S. Petöfi)

Regen., Regen, Regen,
ein Kussregen fällt;
der meinen Lippen
doch so sehr gut gefällt.

Der Regen, der Regen,
mit blitzendem Tanz;
dein Auge, mein Täubchen,
ein strahlender Glanz.

Ein Donnern, ein Donnern
kommt hinter uns auf ;
mein herzliebstes Täubchen,
dein Alter, ich lauf!

08.08.1977

Die Theiss

(Sándor Petőfi)

Eines Sommerabends Dämmerung, heiß,
Verweilt ich an der sich schlängelnden Theiß.
Wo die kleine Tur rinnt so eilend hinein,
Wie in Mutters Schoß das Kind flieht heim.

Der Fluss, so glatt, so solide und nett,
Schlendert dahin im uferlosen Bett,
Wollt nicht, dass der Sonnenstrahlen Stechen
Sich in seinen krausen Wellen brechen.

Den blanken Spiegel, Strahlen berührten,
Als ob Elfen einen Tanz vollführten,
Tönt geradezu ihrer Schritte Klang,
Wie der kleinen Sporen Klingen, Gesang.

Wo ich stand, ein gelber Teppich aus Sand
War gebreitet, und strebte hin ins Land,
Den der Schnitter Grummet-Reihen zieren,
So, wie im Buche die Zeilen liegen.

Jenseits der Wiese in stummer Haltung
Ein hoher Wald; drinnen schon Dämmerung.
Doch das dunkle Haupt bekrönt eine Glut,
So, als brannte er und flösse das Blut.

Wiederum dann weiter, jenseits vom Fluss,
Hinter Ginstergestrüpp und Haselnuss,
Durch einen einzigen schmalen Schacht,
Hält der Turm eines fernen Dörfchens Wacht.

In glücklicher Stunden Gedenken gesonnt
Schwammen Rosenwolken am Horizont.
Schauten sinnend auf mich aus der Ferne
Durch Nebel, die Marmaroscher Berge.

Kein Laut. In die feierliche Stille
Trillert ein Vogel, mal eine Grille.
In weiter Ferne der Mühlen Brummen
Tönte mir nur, wie der Mücken Summen.

Jenseits, grad gegenüber aus dem Land,
'ne Jungbäurin kam, 'nen Krug in der Hand.
Derweil den Krug sie füllt, ihr Auge weilt
Nur ganz kurz auf mir, erhebt sich und eilt.

Dort, wo ich stumm und unbeweglich stand,
Grad als ob Wurzeln mein Gebein schon fand,
Meine Seele in süßem Rausch entschwand,
Von der Natur ew'ger Schönheit gebannt.

Oh Natur, oh gepriesene Natur!
Welche Sprache wagt zu wetteifern nur
Mit dir? Wie groß bist du! Je mehr du schweigst,
Umso mehr und Schöneres du beschreibst.

Am Lager spät meinen Gruß ich entbot,
Aus frischem Obst bereitetes Abendbrot.
Mit den Gefährten sprachen wir lange,
umlodert von der Dörr-Reisig-Flamme.

Neben anderem sprach ich zu ihnen dann:
„Arme Theiß, warum nur greift ihr sie an?
Ihr sprecht ihr zu so viel Kümmernisse,
Ihr, einem der Erde zahmsten Flüsse".

Tage darauf nur aus halbem Schlummer,
weckt mich der Glocken lautes Gewummer.
„Hochwasser!, Hochwasser!", tönten Laute,
und sah ein Meer, wohin ich auch schaute.

Wie ein Irrer, der sich der Kette entwand,
Sprengte die Theiß durch das ebene Land.
Sah dröhnend sie die Deiche durchdringen,
und wollte die ganze Welt verschlingen!

aus dem Ungarischen, 2007

Tausende Kirschen gedeih'n am Baum...

(S. Petöfi)

Tausende Kirschen gedeih'n am Baum...
Nur eine nenn mein ich von den Frau'n;
wenn selbst: diese eine mir zu viel!
Früh oder spät ins Grab durch sie fiel.

Skurriles Gottesgeschöpf von Fee!
Ich bebe, kommt sie in meine Näh.
Tu alles nach Wunsch, mit großem Fleiß,
doch immer nur Nörgeln ist der Preis.

Habe selbst bei mir gedacht schon kalt:
Verhauen.., ich schaff es, sie ist schon alt.
Doch wenn sie mir in die Augen sieht,
die ganze Tapferkeit von mir flieht.

Das dritte Mal schon war sie halb tot.
Lieber Gott! Was ich für Freude bot.
Doch der Teufel holt sie niemals echt;
selbst ihm ist dieses Weib zu schlecht.

25.02.1978

Dorfesrande, kleine Schänke...
(S. Petöfi)

Dorfesrande, kleine Schänke,
die zum Szamos hin sich ränke,
spiegelt sich im Flusse wider,
wenn die Nacht nicht stieg hernieder.

Doch die Nacht sie fällt hernieder,
in die Welt kehrt Stille wieder,
die Fähre fest, in Ruhgeleit,
darinnen schweigt die Dunkelheit.

Doch die Schänke lärmend laut ist!
Es mühet sich der Cymbalist,
die Burschen jodeln, toben, schrein,
es dröhnt das Fenster, fällt fast ein.

"Schenkenwirtin, goldig Blümlein,
her jetzt mit ihrem besten Wein,
alt wie mein Oheim soll er sein,
und feurig, wie's jung Liebchen mein!

Spiel auf Zigeuner, spiele just,
zum Tanz verspür ich wahre Lust.
Vertanze heut mein ganzes Geld,
tanze aus meine Seelenwelt!"

Jemand klopft, durch das Fenster schaut:
"Tobt doch, schreit mal nicht so laut,
das lässt euch die Herrschaft senden,
die schlafen wünscht, den Tag beenden!"

"Der Teufel fahr in deinen Herrn,
du aber dich zur Höll entfern!...
Spiel auf, Zigeuner, nun erst recht,
selbst wenn ich heut mein Hemd verzecht!"

Wieder kommt man, klopft ans Fenster:
"Seid vergnügt, doch bitte leiser,
Gott segne euch und sage Dank,
mein armes Mütterlein ist krank."

Antwort geben sie nun keine,
schlürfen aus drauf ihre Weine,
die Musik mit Wink beenden,
sich die Burschen heimwärts wenden.

26.2.1978

Lähmende Stille

Sprachlos,
gedankenlos,
ratlos.

    Gedankensplitter,
    Erinnerung,
    Leere.

Brummen,
Surren im Gehirn,
knisternde Ohnmacht.

    Zweifelnde Ruhe,
    lauernde Anspannung,
    lähmende Stille.

*21.09.*2017

Vibrierender Anruf

Vibrierender Anruf.
Eilige Fahrt.
Rettungswagen,
Nierenversagen!

Ihr blasses Rot,
starrende Augen,
leere Leere!
Verhaltene Luft,
Abschiedsduft!

Leichter Händedruck,
letzter Atem?
Und ich verhalte
und
sitze reglos
und
sprachlos, stumm!

21.09.2017

Die letzte Rose
(Feodora am Grab)

Die letzte Rose überwindet alles.
Sie strahlt im Falle des Falles
in lebende Kammern zurück
lächelnd ihr Licht.
Und sagt meiner Liebsten,
sie bleibt meine Blume:
Vergissmeinnicht!

21.09.2017

Rosen am Hügel steh'n

Ich darf doch nur eine Rose seh'n,
so bleibe sinnend ich vor ihr steh'n,
denk an uns're gemeinsame Zeit,
schöner Jahre in Vergangenheit..

Oben am Hügel Rosen verblüh'n,
wie einst Burgen, so ganz stolz und kühn.
Die Wolken frag ich über den Höh'n
Wie soll es nun mit uns weiter geh'n?

Zieht schweigsam weiter die dunkle Schar.
Der Himmel sich öffnet, sonnen klar !
Ein Lieb, Engel, aus letztem Verband,
steigt lächelnd herab, nimmt meine Hand.

23.06.2018

Inhalt

Heinrich Oppermann, Chemiker,
verfasste über 270 wissenschaftliche Publikationen und schrieb
und schreibt Geschichten, Erzählungen und Gedichte.

„Die Enkel der Donauschwaben - Geschichten aus zwei
Heimaten"
BoD-Verlag, Norderstedt, 2007.

„Einer Schönen, Gedichte"
Christoph Hille Verlag, Dresden, 2011.

„Erinnerungsgarten, Geschichten"
BoD-Verlag, Norderstedt, 2013

„János und sein Hund, zwei Helden"
BoD-Verlag, Norderstedt, 2014

„Die Brücke - Geschichten schon Geschichte?"
BoD-Verlag, Norderstedt, 2015

„Kaposszekcsö / Sektschi. Eine deutsche evangelische
Gemeinde in Südtransdanubien -Komitat Tolna, 1775-1948"
Eigenverlag, 2015/2016"; mit Rolf Domke, Heinrich Sommer
und Konrad Lötz

„Oh, Brüder schmäht mich nicht", Gedichte, BoD-Verlag,
Norderstedt, 2016

„Jergescher Geschichten, Vertreibung aus dem Paradies"
Frankfurter Literaturverlag, Offenbach, 2017

„Die vergessene Schokolade - Feodora" BoD-Verlag,
Norderstedt, 2018